年端のまなざし

鈴木いね子
SUZUKI Ineko

文芸社

文中、現代では、不適切な用語も含まれていますが、時代背景に鑑みて、当時使用されていた言葉として記しています

目次

まえがき

一九四〇年以前よりきな臭く、くすぶり続ける戦争の気配が日ごとに強くなった十二月、ついに勃発した。一九四一年八月十一日にこの世に第一声の産声をあげた私。太平洋戦争の真っただ中、国民の暮らしは厳しく、気の重い時代であった。

一九四五年の三月十日の東京大空襲、下町を焼き尽くした闇夜の炎の明るさは、都心から四十キロ以上離れている我が家からもはっきり見え、八十年経った今でも目に焼きついている。

日々、暗たんたる恐怖に追い打ちをかけたのが八月十五日の玉音放送、子どもの手の届かぬ高さに置かれたラジオから天皇陛下の声で戦争の終わりを知らされた。

「戦争は負けたか」

安堵と虚無感の中で、父が吐き捨てるように言い放ったのを聞いた。

一口に二十世紀は戦争の世紀でくくられ、国策という大義名分の言葉の罠に踊らされた果ての後始末は、一度戦争の火ぶたが切られれば、年頃の男性は兵士となって戦地へ、残された銃後の妻や子どもたちは「ほしがりません、勝つまでは」を唱《とな》えながらの苦悩は計り知れず、年端の目に映った当時の風景は、都会から買い出しに来る人、疎開っ子、浮浪児たちの姿だった。

今日のように無双の災害に見舞われた時、支援員やボランティア、社会保障などの助けもなく、自力で調達するほか生きる術がなかった。見知らぬ土地の農家を見つけては懇願、自宅の箪笥《たんす》にあった着物や洋服を米や野菜と物々交換をして、分けてもらっては食べ盛りの子が待つ我が家へ、嬉々とバスに乗り込む後ろ姿を何人見たことか。あの日の残像は何年経っても消えない。

一部の大人の論理で始まる戦争の悲劇は容赦なく、鮮明に蘇り、記憶を手繰りながら彼の日の「備忘録」として綴ってみた。

年端のまなざし（終戦後の食糧配給事情）

　昭和二十年八月十五日十二時、天皇陛下のお言葉がラジオから聞こえ、戦争が終わったのだと四歳になったばかりの私は分かったが、食べ物は日を追って不足し、困窮の極みだった。

「暑くならないうちに、班長さん家《ち》へ行って砂糖と塩とメリケン粉を受け取ってきな、米穀通帳は引き出しにあるからね、風呂敷忘れるな」。これだけ言い告げると決まって母は先に田んぼに行っている父のところにそそくさと行ってしまい、家に残された七歳の私と四歳上の姉、四歳の妹と一歳の弟の四人で家の留守番をするのが常なのだ。親が田んぼに行ったといっても視界の中に姿は見え、大声で呼べば届く距離、働いている姿は目の中に留めているので安心なのだ。朝、母から頼まれた用事を済ませなければと思い、いつも一緒に行く隣の同級生、「安子ちゃん」を誘いに行くと、ちょうど我が家へ行くところだったと。二人で他愛もない話をしながらざくざく砂利道に下駄音を立てながら班長さん家《ち》へ向かうわくわく心がたまらなくうれしかった。

班長さん家《ち》は精米所で同じクラスの喜久子ちゃん家《ち》、時折、遊びに行って知っていたが、配給日は特別な日。各家の家族構成、年齢によって品物や量に違いがあり、地区の係の人は皆顔見知りと思っても確認の手順で一応名簿と照らし合わせながら、手秤りで量目を計り、砂糖とメリケン粉、塩を渡された。

当時、砂糖は黒砂糖、塩は専売特許で貴重品だった。幸い我が家は農家なので、米や麦と菰《こ》菜には不足していなかったが、非農家といわれる家では家族の人数に合わせて米や麦の配給も受けていた。米や調味料は子どもの身には重く、道中、何かアクシデントでも生じたら一大事と、家族総出で受け取りに来ていた家もあった。この配給米と調味品で、食べ盛りの子を抱えて、この先何カ月食いつなげていけるか、胸算用をしながらの生活に非農家の人たちは日々真剣そのものだったが、大人の複雑な事情など分からない安子ちゃんと私は、班長さんから渡された品々を風呂敷に包み、落とさぬよう両手で抱きかかえるようにして息を弾ませ帰りの道を急ぐ。風呂敷包みの中からほのかに甘い匂いが………黒砂糖の匂いと分かっているが、この黒砂糖にひと手間かけなければ使えない。

今日のようにきれいに精製されてなく、サトウキビの原木の木片や馬の毛などが混入していて即座には使えず、持ち帰った黒砂糖を大きな油紙に広げ、混入しているゴミを拾うのが一仕事、子どもとて、親の負担を読み取っていたのか、砂糖を受け取りに行った責任感だったのか、私は母から言われなくても砂糖のゴミ取りを進んでやり、田んぼや畑から帰ってきた両親が「気の利く子だね」と褒めながら、きれいになった黒砂糖を優しくなでつつ喜んだ笑顔を今でもはっきり覚えている。

「この砂糖で、早苗饗《さなぶり》の小麦饅頭を作るんだからね」母の口元からこの言葉が終わらぬうちに、ふっくら蒸し上がった小麦饅頭が目の前にちらつき浮かび、口元が緩んでくるのを感じた。

あの頃の甘味料と言えば砂糖は配給で、庶民が自由に使えるのは人工甘味料の「サッカリン」が主流だった。小瓶に透き通った顆粒が甘味を作るのだと知ったのはだいぶ後だったが、そのサッカリンを何の疑いも持たずに薬局に買いに行かされたのは子どもだった。

黒砂糖に「特別な日」用なんだと納得しつつ、好物の小麦饅頭を母が作る日がいつなのか、期待しながらも遊びほうけ忘れるのも早かった。それには理由がある。それは学校が一週間休みになるからだ。いわゆる政府の食糧増産の一環で、生徒も労働力とみなし、国民総動員、六月第三週日の一週間は「田植え休校」となり、子どもながらも代掻きや苗運びと、堂々と大人に交じって嬉々と手伝いという学びの場だった。

あの頃の残像の親たちは若さもあって手際良くきびきびと働き、周りを見渡せば一家総出の田植え仕事、人力が成せる時代だった。

我が家にも毎年田植え心得のある人が手伝いに来てくれ、邪魔ながら一端の助っ人となる子どもたち、そして家畜の労力も大いなる味方の戦力だった。時節は梅雨の最中、このしとしと降る雨をありがたく恵みの水に利用しての田植えは天候まかせ、運まかせ、苗にとっても水は命、自然の摂理に逆らうようなことはどこの家もしなかった。

カレンダーのページが変わる頃になると、田んぼの早苗も整然と分株の色を深め、子どもにも手伝った自負のような自尊心が芽生え、両親たちの安堵感と共に子どもたちの心も弾んでいた。

学校の休みも残りわずかになると、両親は、今年も田植えが無事済んだことを田の神様を神棚に降ろし、二回の柏手で感謝の意を伝えるのが習わしで、後に田植えの人夫となった近在の人たちを招き、昼食を兼ねての「早苗饗《さなぶり》」の宴を設えるのが常套だった。お日柄もよろしく子どもたちはどんなに心待ちしていたことか。

昨日から匂う小豆の甘い香り、いつもと違うこの匂いは「そうか、この匂いは配給所で受け取った黒砂糖の匂い、明日の早苗饗のために大事にしまっておいたのだ、百姓にとって早苗饗は「特別な日」なんだと分かった。

普段なら砂糖というと薬局で買うビンに入った透き通った白い小粒の「サッカリン」なので、甘さの素は薬局で買うものと信じていたっけ、でも今日はいつもと違う、田植えの労をねぎらうことは上等な日、餡を包むメリケン粉も同じこと、早苗饗に照準していたことが今になってよく分かる。

時刻を合わせたように蒸し上がった艶々とした饅頭を大笊《ざる》に広げ、粗熱のさめるのを待つ間ももどかしく、長かったことか。出来上がった饅頭を家長の父に一番に捧げ、田植えをつつがなく終えたことを八方柏手に込めて報告、農耕の歳事儀礼を一通り済ませ、「ご苦労さまでした」で昼のささやかな宴が始まるのだった。

手伝いに来てくれた人たちも今日はお客さん、普段見馴れた野良着のおばさんたちが人違いと思うほどおしゃれしているのを見た時、大人の世界がまぶしく映った。

お腹を満たした子どもたちは三々五々庭で遊びほうけていても、座敷の話題は市井の噂や情報に尾ひれをつけ、高笑いは尽きることなく、陽の落ちる頃まで続き、明日からの英気を養っているようだった。

稲作の慣用句の一つ「日数《ひかず》が何よりの妙薬」と言われるが、その通り、掌サイズの幼い稲苗四~五本を一株にしてリズム良く植えた稲田が何週間か経つと青田に変わり、夏の太陽の恵みに育まれながら穂孕《ほばら》んだ稲穂は生臭い。この匂いに敏《さと》くスズメの襲来、害虫、その上台風と、米にするまで気の休まる暇はない。

農家にとって気ぜわしかった年中行事の田植えから半年を経て、ようやく金波、黄金の田んぼに変わる頃、秋の陽はつるべ落とし、田んぼ作業は切れ目なく、待ったなし、学校は田植え休みがあったのだから稲刈り休みも当然あり、十一月の第一週は「一週間稲刈り休校」となった。休校前日、先生から「休みの間はしっかり家の手伝いをするように、先生は見て回るから」の訓辞を信じて、でも一度も見回ってきた様子はなく、あの言葉は威しだったと後で分かり、がっかりしたのと同時に、先生の教示は信じなくなった。

親の後を付いて一端気取りで稲束に刈り取り、稲架にかけ十日ぐらいで乾燥具合を確かめつつ脱穀へ。晴れた日を見計らって庭いっぱい筵《むしろ》に脱穀した玄米を干してまでは一応の手順。

米という漢字を崩せば八十八の手間をかけて初めて米となるとか、先人は言い得て納得の慣用語を教訓としているものだと常々思う。その思いや労苦が身に沁みて得た収穫だから喜びも一入。食糧逼迫の世相では、実りの収穫を待たずに色づいた田んぼを見て、回りの収糧量を目算した「青田買い」の米穀業者たちが先を競って買い占めた結果、米価の高騰が続き、戦地から戻らぬ夫や家族を守る銃後の母や妻には育ち盛り、食べ盛りの子どもを抱える非農家にとっては四苦八苦の日々。空腹に耐え切れず畑に実っている食べられる野菜（トマト、西瓜、きゅうり）などを通りすがりにこっそり失敬する者が絶えなかったが両親は見て見ぬふりで、咎めなかった。現実を見ている私にはイライラが募る。

ある時、真意を聞いたら一言、

「情けは人のためならず」ときっぱり言い切った。「情けは人のためならず」「情けは人のためならず」呪文のように何度も反復してみたが分からない。他家《よそ》の畑の産物を盗んでいるところを見て見ぬふりをするのは犯人にとってためにならないのでは。

どう考えても納得がいかずしつこく食い下がる私に、父は辞書を開いて意味を読みあげてくれたがなんだかちんぷんかんぷん、すっきりと理解できなった。

秋風が背より吹いてくると、今期の田んぼ仕事も終盤となり、政府買い上げ（供出）が田の耕作面積で否応なく割り振られ、残った俵の数がこの先一年間の生活の糧となるのだ。

品質特級検査に通り、農業協同組合の倉庫に無事納まれば農事ごとにあらかた終わりが見えてくる。が、敗戦の痛手は癒えぬまま、食糧不足の困窮は目に見えて厳しさを増していた。

疎開っ子（情けは人のためならず）

一九四五年八月十五日、十二時、ラジオからボーンと時報の合図、いつもなら聞き流してしまうラジオの音に両親は普段とは違い、畏まった顔をしてラジオに耳を欹《そばだ》て、子どもたちの雑音に唇に指を立て静止をうながしている。ラジオから今日、大事な放送を聞くことだと分かった。四歳になったばかりの耳に天皇陛下の声で戦争が終わったことを告げている。

事の経緯は分からずとも心のどこかが軽くなり、親たちもほっとした顔。「今晩からガラス戸に暗幕張らなくていいからね」と念を押した。夜間に家の明かりが漏れるのを遮断する黒い布を踏み台を移動させながら張り巡らすのと、ランプの煤《すす》磨きは毎夕子どもの日課であった。これを怠ると夜間の家の中が薄暗く、不安を一層増幅させるのだった。

ある時、親にランプの火屋磨きをどうして子どもにさせるのか聞いたら、「火屋の口は小さく子どもの掌のサイズにぴったりなんだ」と諭され有頂天になり、火屋磨きに力が入ったが、落としたら大変、用心に座布団の上で磨いた彼の日が鮮やかに甦り、語り草にもなっている。

それにしても明かりが漏れぬよう暗幕を張ってB29や爆撃機から人家の在り処を攪乱《かくらん》させる方策さと聞かされていたが、思い起こせば月夜の晩などに爆撃を決行するなら審《つまび》らか、自明の如、各家々の場所が分かったはず、そこを外した作戦に何か別のからくり、思惑があったのか、この年齢になっても合点のいかない不可思議な事象の一つになっている。

結果は敗戦であれ、戦争が終わったことで我が家をはじめ、部落の人たちもどことなく顔つきがほっとした様子を見せ、安心して畑仕事に精を出していた。

三月十日のアメリカ軍の爆撃に因《よ》る東京大空襲で着の身、着のまま焼け出された都会の人たちの窮状は筆舌尽くせぬ惨禍だったらしく、縁故や伝手を頼って都落ち、疎開家族が部落に数軒増え、我が家の隣家の二間の離れにも東京から大人三人・子ども三人（男の子一人）の一家が越してきて、家族全員で挨拶にきた。

その姿のなんときれいなこと、男の子の履いていた革靴というものを見たのは初めてだった。田舎暮らしの私たちは下駄が常用の履物、正月用に少しおしゃれな上等の「ポックリ下駄」が親からのプレゼント。土俗育ちの私にはまぶしさを超えて身の置きどころなき別世界の人に思えた。

学年が同じということですぐにうち解けたが、男の子が自分を指して「ぼく」と言うのに二度びっくり、「おれ」が普段使いのこの地では、ぼくは気取って聞こえ、耳の周りがこそばゆかった。

名前は「新井正一」君と名乗り、物おじせずしっかりした受け答えに、地元の子どもたちの方が遠慮しがちになるのが常だったが、そんな時、唯一リーダーシップを発揮できる遊びは「鬼ごっこ」だった。

田んぼに積まれた藁の中に隠れると、鬼役の正ちゃんは積み藁の中を掻き分けて捜す術を知らず、かすかに声はすれども姿は見えずに四苦八苦、しばらく探す間に耐え切れなくなり、半べそになり降参、隠れた子どもたちは「勝った、勝った」と藁から飛び出しては大はしゃぎ、勝ちの優越感を味わうのだった。

泥汚れを嫌う都会っ子には少々酷だったが、何度かの経験をえて、鬼役の正ちゃんが藁を掻き分けて捜し当てた時は皆びっくり、郷に入れば郷に従え、革靴から裸足で田んぼの中を駆け回るたくましさにすっかり田舎っ子仲間になった。

国は敗戦処理、国難の最中、市井の暮らしの厳しさは日に日に目に余るほどに。真相は分からないが、新井さん一家の食べる分は、我が家で時々米や野菜など支援していたらしく、毎晩もらい風呂に来ての帰りに正ちゃんのお母さんが小包を抱え深々頭を下げている姿を何度見たか。

利発でクラスの人気者になった正ちゃんは、弁当の時間になると決まって校庭で一人遊びをしながらよく水を飲んでいるのを見た。

事情など知らず家に帰り母に話したら母はピンと分かったらしく「明日から正

ちゃんに弁当を持って行ってあげなさい」と言って「内緒だよ。誰にも言っちゃいけないよ」と念を押した。

弁当の時間に渡すと、正ちゃんは初めは遠慮していたが空腹に耐え切れず、空の弁当箱が返ってくるようになった。何回続いただろうか。

小学二年生の私の身には重かろうと、登校前に我が家に寄り、正ちゃんは自分のカバンに入れて登校したので気持ちが軽くなったのを覚えている。

あの時代の田舎ゆえ、弁当箱の中身副菜（おかず）が何だったのか、記憶にないのが摩訶不思議、何しろ農家と言っても弁当さえ持参できない子も何人もいた時代、母のことだから採れたて野菜を設えて弁当の菜に詰めてくれたことは確かだろう、感謝にたえない。

こんな状況が何年続いただろうか。

日を追って食糧事情は改善の方向に向かい、その上、うれしいことに正ちゃんのお父さんが戦地から帰還され、正ちゃん一家は東京へ戻ることになった。

私は学校に行っていて正ちゃん一家との別れがどのようだったか思い出せない。遊びも、クラスも一緒だったが人がいなくなる寂しさをあの時初めて知り、言いようのない気持ちに穴が開いたような気がしたのと、お世話になったお礼だと名前入りの鉛筆一ダースを前の晩にいただいて喜び、枕元に置いて寝たのをかすかに覚えているのだが、

「月日は百代の過客にして………」

「去る人日々に疎し」の如く自分のことで精一ぱい、学業に就職結婚と、人並みに歩んで幾星霜、還暦を迎えたある日、母からの電話。

めったにかけてこないのに少々興奮気味の声に驚いたのは私、

「何かあったの？」

「あった、あった、驚いた。疎開っ子の新井の正ちゃんが五十年ぶりに訪ねてきて姉と私の消息を第一声に聞いて安心した」とのこと。

母は正ちゃんがどんなに会いたがっていたか分かったと言う。疎開の時に受け

た恩義が忘れられず、いつかいつかお礼にと思い続けて数日前に退職したのでさっそく来訪したとのこと。

積もる話を要約すると、東京に戻ってからも食べることの厳しさは続き、時折、楽しかった田舎での食べ物の心配のない暮らしがうらやましく、戻ってきたかったと、切々と言葉を詰まらせ、あのひもじい思いは二度と経験したくないと、苦学しながら就職先に食品を扱う商社に勤めたとのこと。海外勤務もしたが、どこで食べたメニューより、空腹の時に食べたあの弁当のうまさが何年経っても忘れないと、嗚咽にも似て間断なく話し続ける律儀さと、積年の報謝を果たし溜飲を下げた横顔は、小学生の面影を残して立派だったと大喜び、感激の様子が電話口から溢れて聞こえてくる。

手土産に持参した桐箱入りの「洋かんセット」の中身はすでに食べていてなかったが、箱を確かな証拠品にと保管しておいたと見せられ一同大笑い。重厚さを漂わす空箱を手に取ると、大きさの割に軽く、箱の中央に店印名が黒々、確と押されていた。
あの日から二十余年、その桐箱は今でも我が家の遺産として保管してある。

「戦災孤児」

前述した疎開っ子の正ちゃんは別格として、ある日、父に連れられ東京麹町のおじさんの家へ行った。電車は終点の浅草で降り、地下鉄銀座線へ乗り換えるために浅草の地下通路を歩いていると、私と同じぐらいの子どもたちが大勢うろついているのを見て、足がすくみ歩けなくなった。何しろ目つきが鋭く着ている物が汚い。父は小声で「戦争孤児、浮浪児なんだよ、東京大空襲で親を亡くし、独りぼっちで生きていてかわいそうなんだよ」と言い、私の手を強く引いてこの通路を抜け切ったが、臭い匂いと食堂の匂いが鼻をつき、息をしないまま地下鉄電車に逃げ込んだ。

初めてづくしの東京、地下鉄は外の景色は見えず、音と振動に恐怖を覚えながら四つ目の駅の上野で降りた。

父と逸れまいと地下通路を歩いていると、はるか遠くに丸い出入り口が見え、アコーディオンの音が聞こえてきて心が浮き浮きした途端、足がすくんでその場から一歩も動けない。見るのが怖いが、そうと見たら左手がなく足も怪我している姿で、コンクリートの壁に体いっぱい寄りかかり、立ってアコーディオンを弾いている格好に驚いたのと同時に涙が止まらなかった。今まで住んでいるところで手足のない人など見たことがなかったから。

「戦地で焼夷弾を浴び怪我したんだよ、気の毒になあ」、父はぼそっと言いながら「ご苦労さんでした」と、汚い缶の中にお札を何枚か入れていた。

病弱で兵士として戦地に往《い》けない体の父には忸怩たる思いが湧いたのだろうか、足早に出口に向かう父の後を追いながらも聞こえてくるアコーディオンの音色が地下道に残響して、物悲しさを一層深めていた。

戦地の前線で戦った果てに障がい者になり、兵士として役に立たないと祖国に還された傷病兵のその後の生き様は如何ばかりか。

社会の秩序、身分保障、社会保障などはないも等しく、その後に明文化された次第だった。

一九四五年八月十五日、ポツダム宣言で日本はしぶしぶ負けを認め、終戦となったが戦争の罪科は重く、庶民の暮らしに容赦なく圧しかかり、食糧不足は深刻さを増した。

今さら言うまでもないが、いざという時は女は強し、母親はなお強し。一家の食糧買い出しは母親の役目、我が家は最寄りの駅まで四キロくらいのバス停は目の前で、我が家の名を冠した停留所、三十分に一本のバスが駅への足なのだ。

昭和二十年三月十日の東京大空襲で生き残り、焼け出された家族の母親の苦難は想像以上だったに違いない。

下りのバスが止まるたび、生成りの薄っぺらなリュックを背負い、足早に我が家へ。留守番をしている子どもたちに畑にいる両親の居場所を聞き出し、その間に畑作業を手伝いながら嫁入り時に箪笥に納めた着物をリュックに入れ、畑で米や野菜と直談判して物々交換するのが日常だった。お金もなかったが、何しろ「衣類」という品物が不足していたので都会の品物に飢えていて、物々交換は渡りに船だった。

膨らんだリュックを満足げに背負い、家で食糧の買い出しに出た母親の帰りを待つ子の笑顔を気力に変える母親を見送ってほっとしたのも束の間、さっきの人が半泣きの顔で戻ってきた。

親との会話を聞きかじると、上りバスの終点、駅で電車に乗ろうと切符を買おうとした時、権柄《けんぺい》に呼ばれリュックの中身を没収され、悔し涙をこらえながら戻ってきたとのこと。たった三十分前、膨らんで大きく見えた生成のリュックがしぼんで見えて、両親も涙にくれるその人の話にもらい泣き、同情すれど手立てがない。

あの時代の国家権力の横暴さは目に余り、権柄と聞いただけで体が縮んだものだ。

駅に行く終バスもなく、話し合いの末、今晩我が家に泊まることになった。一緒に夕飯を食べ、風呂に入り、八畳間の隅に体を丸めて早々と寝息をたてている。何の緑も所縁もないまま、たまたまバスから降りて見知らぬ土地の農家の好意でここにいる。やっと手に入れた米や野菜を没収された不運にどんな思いで目を閉じていたのか、家に残してきた子どもを案じつつ、いつもの夜とは違う。

あの日の光景が奇異に目に焼きつき今でも忘れることのできない事象だ。子どもたちは三々五々寝入ってしまったが、夜中便所に起きたら、両親は、土間のランプの下で夜なべをしていた。

普段なら暗幕などで家中暗く、物音などしないのに、何か不思議な気がしたが、聞く気にならず夜が明けて見たら昨日泊まった人の姿はなかった。

母に聞くと米と野菜を見繕って、土産におにぎり二個大きく握って持たせ、早朝一番のバスで見送ったとのこと、早朝だと権柄も駅にまだいないからとの方策だったのだ。

あの時、大人の知恵を知った。

小学校二年生になって初めて健康診断があった。男の子も女の子もパンツ一枚になり上半身裸での測定、測定といっても今日のように何種目の検査ではなく、身長、体重（貫、匁といっていた）、栄養状態、顔色など目視して判断していた。そんな検査の中の一つに「脚気」の検査があった。椅子に浅く腰掛け、木槌で膝をポンとたたくとたたいた弾みで膝が上にあがると問題なし、合格。栄養不足で膝をたたいても上がらぬ子もいた。

栄養状態に問題ありだったのだろうか？　何日か後、担任の先生から缶を数個渡されていた。なんだか秘密めいた缶、その缶の中身を見せてもらうと黄色の透き通ったドロップのようだった。色のきれいさに興味が湧き、うらやましかった。それは『肝油』という脚気改善薬で、クラスの半分ぐらいの生徒が受け取っていたような気がする。

それぐらい栄養状態は悪く、結核と脚気は二代国民病と揶揄されながら非農家や戦災で焼け出された人たちは、目について食べられそうな野山の草を十分に活かして食いつないで生き延びてきたのだと、自信と自虐を込めて、たっぷりと話をする。

年ごとに食糧事情も良くなり、栄養状態も改善の方向に向かい、栄養失調で脚気の生徒たちも目に見えて少なくなり、田舎っ子も紅顔の生徒に変わった。そんな頃、戦地で戦ってきた兵隊さんたちが京都舞鶴に帰還するというニュースが広まった。

我が家は戦地に行った人はいないが親戚にニューギニアに往ったきり、何の音沙汰もない叔父が両親には唯一無二気がかりだった。

南方の部隊にいるらしい。何度か見たが、転戦している確信も誰に聞くあてもなく、悶々としながら時を過ごしていたが、生存の有無の手がかりをNHKラジオの「尋ね人」という番組が唯一、誰にも知られずに探す縁だった。運良く生き延びて帰還できた兵士に、消息の分からない身内や縁者が情報の手がかりを求めて聴取者の問いに「その○○さんと同じ部隊だった」とか「同郷で言葉を交わしたことがあった」など、消息の糸口を手繰る番組。叔父の生き死にを、藁尾《わらお》にも縋る思いの両親は、この番組に一縷の望みをかけ、午後二～三時頃になると畑から一度帰り、聞きもらすまいとラジオに耳をつけ真剣に聞き入っていたが、叔父の名前に辿りつく手がかりは聞かずじまい、昨日もダメ、今日もダメ、どこでどうしているのやら、落胆の様子は日増しに濃くなり、諦めと望みを天秤にかけ悶々とした心の憂さを晴らすのは畑に精を出すのが一番だった。

狭い部落とて何軒かが出征しているので帰還したからと諸手を挙げて喜べない。ましてや、我が家は誰も戦地に出征せず、なんとなく肩身が狭い。

そんなある日、土手下の余剰地の一角に雑草にしてはこぎれいに手入れされた桃色小花が咲き始め、花の存在を知った。

確か去年はなかった気がしたが、私が気に留めていなかったのか、日照の下、群れて揺れる様は一幅の目の保養だった。

その花の名は「みそはぎ」。

盂蘭盆会の仏壇に必ず捧げる花と知って、なんだかぞくっとし、不吉な予感が奔《はし》った。恐る恐る母に聞くと「気の毒になあ、大工の常さん、フィリピンで戦死したんだと」と、静かに教えてくれた。

顔と名前は知ってはいたが、隣の部落で大人の男の人とは気安く言葉を交わすことなどめったになく、道などで会えば挨拶する程度、でもお嫁さんを迎えるとか、迎えたとか、噂はたっていたが記憶にとどめることはなかった。でも今、母から聞いた話が本当ならばお嫁さんの立場はどうなるんだろう。妙に気にかかり、「みそはぎ」の花は新盆用に浜田家で植えたのだと謎が解け納得した。

畑で精を出すうら若い女の人は、遠目に見るもすぐ分かる。藍の絣の野良着の色に赤や黄色の花柄模様が映り、新妻らしい初々しさに加え、乙女から大人に脱皮したような愛らしい出で立ちを小学生高学年～中学生の登下校の時に目にしては、仄かな憧れを抱いたものだった。

女の人は大工の常さんのお嫁さんだったが、しばらくして畑で見かけることはなくなった。

気を入れて、気に留めていたわけではないが、通学の途次で見かけると、なんだか気持ちがふわぁと温かくなり元気が湧くのだ。

新妻を家に残し出兵した常さんの未練は如何ばかりか。学生だった私には思いは至らなかったが、今思い返せば両人とも辛く寂しかったに違いない。

あの時代の血気盛んな男は、戦地に参戦できることは、国への奉行、男の証し、誇りと気概に満ちていた。

跡継ぎを失い、落胆を隠せぬ浜田家には一筋縄ではいかない重い難題が残されていた。

嫁いできて月日は浅く、若い身空で伴侶を失い、自分自身の身の処し方に不安は隠せない。夫の両親に付いて懸命に野良仕事に精を出す姿に同情はすれども誰も助言などできず、成り行きまかせの傍観者、静観のみであった。

秋の取り入れ、畑仕舞いが粗方済んだある日、お嫁さんは婚家を後に生家に出戻ったとのことだが、その後の話は誰からも聞かなかった。

戦争の二十世紀と言われ、名もなき庶民の倹しい人生を翻弄させる戦《いくさ》ごとに、理屈、理由はともかく、何の価値も見出せないもどかしさに耐え難い日々である。

渋柿アラカルト

昭和三十二年三月十五日、村立の中学を無事卒業、卒業証書と一緒に手渡されたのは今にも折れそうな二本の苗木だった。

卒業記念樹の甘柿の苗木は、戦後の食糧事情の悪さを考慮した配布だったのか。農村地帯という条件も良く、どこの家も柿の木一～二本植える地べたはあり、その上、手入れもあまり難しくなく地味も選ばなかったが、実をつけるまで五～六年待たなくてはならず、訓練校から就職で家を出て、記念樹の甘柿を食べることはなかった。

だが「柿の木一～二本は屋敷に植えとけ」の先人の格言は、飢餓が起きても飢えることはない、「嫁に行く娘に生家の柿の枝を一本持たせろ」は理に適っている親心、言い得ていると思う。

我が家の狭庭にも一本の柿の木がある。

この親木は今から六十七年前、卒業記念樹として受け取った木で、十七年前、改築した記念に毎年実家から届けられる甘柿の種一粒をキッチンごみと一緒に埋め、成長した子木だ。

毎年五月下旬になると瑞々しい新芽を吹き、日ごとに生命力あふれる大葉と変わり、晩秋の稔りへと期待は膨らむ。

だが親木の遺伝子は継がず渋柿で成長、今年も例年にも増してたわわに実をつけ近所の人目を引いている。

通りがかりの人や来訪者は一様に驚き褒めるので、短いながらも初めての人とも会話が弾み飽きることがない。本心は甘柿を期待したがこの渋柿、どうして、どうして、大変な報恩を与えてくれている。

一年の後半、十月の下旬になると薄っすら赤身を増した渋柿の皮をむき、熱湯に数秒くぐらせ紐に吊るして一週間干せば「あんぽ柿」に、しっとり甘くお日様の力の恵みを享受、野趣のお茶受けとなり、生柿の歯ごたえを好みなら渋柿の蔕を三十五度の焼酎にたっぷり漬け、ビニール袋に入れ密閉一週間～十日間で、渋柿から渋が抜け食べ頃となる。

あんぽ柿・渋抜け生柿を堪能し、十一月下旬ともなると晩秋の空にいわし雲、ロケーションは整い、冬入り間近の寒さが甘さを育て甘柿「富有柿」へと変質する。

芽吹きから約半年間観察していると、なんだか人生の歩みに以ているように思えてきた。渋味で少し尖った青年期、あんぽ柿は壮年期、甘柿に変わる熟年期。日永、匂いに敏いカラスやもずたちが啄みにくるが、渋味に当たるとすぐに飛び立って何日か後に舞い戻ってくる。

渋味の素「タンニン」は柿若葉に豊富に含まれ、富有柿の産地、奈良県の郷土料理「柿の葉寿司」は餅米を炊いてすし飯に、サバの切り身を酢漬けのネタに、若葉の柿の葉で包んで一貫出来上がりと、祝い膳の一品になる。

渋柿の若葉に豊富に含まれる「タンニン」の殺菌力とすし飯の酢との相乗効果が相まって、郷土料理（ソウルフード）と珍重され根付いたのではないだろうか？

薬品などに頼ることなく、自然界の産物を最大限に活かし尽くし暮らした先人の洞察眼と深い知恵に、尊敬の念を拭えない。

実家に帰る道すがら同窓生の生家に目を凝らすと、年輪を重ねて大木になり守護神の如く泰然と据わっているのを見るにつけうれしくもあり、戦後の茫々とした混乱期が走馬灯のように浮かんで切なくなるのは私だけだろうか。

さつまいも今昔物語

やれやれ、収穫、供出と滞りなく田仕舞いしてもゆっくりできないのが農家の宿命、十一月中旬ともなれば「初霜」の心配、寒さに弱いさつまいもほりを急《せ》かされた。

食糧不足の救世主を持てはやされ空き土地さえあれば、「植えよ」、「採れよ」をスローガンに増収の企てに乗って、田植え後に広い畑いっぱいに農林1号の品種・いも苗を植え付けたのが、晩秋の今が収穫期、ふかふか畝に一鍬入れると驚くほどの本数が付いたが、味は首を横に振りたくなる味、舌にざらつき褒められた味ではなかったが、空腹の身には背に腹は代えられぬ。

この期に及んでも午後の授業はなく短縮授業で帰宅。学校から帰ると親は小時《こじ》半《はん》（三時のおやつのこと）用に蒸《ふ》かしいもを用意しておいてくれていてよく食べ、いもほりも手伝った。

ある時、頭上を飛んでいく飛行機を何気なく見ていたら、父がこのさつまいもが燃料になるんだと教えてくれて「ええ」と私は驚いた。大空を悠々と飛んでいるあの飛行機がさつまいもを積んで飛んでいるとは、しばらく信じて疑わずにいたが、後年、さつまいもから油を抽出して既存の燃料の補助的役割に使ったとのこと。緊急を要する戦時下では、味より数量が重要、「知るは一時《いっとき》の恥、知らぬは一生の恥」。あの時、身を持って思い知った。

今日ではさつまいもと言えばスイーツの代名詞、スーパーの焼きいも売り場は手に取りやすいように出入り口のドアの付近に設え、匂いをたてながら客の財布のひもを緩めさせている。だか、私より片手ぐらい年上の友人は、そんな光景に見向きもしない。訳を聞くと、「戦争中に一生分食べたから、あの時口にしておいしくなかったいもの味とひもじさがフラッシュバックするから食べない」と、固く封印していると外連味なく言い切った。

一九四七年（昭和二十二年）九月十二日、四～五日前からラジオが大型台風の襲来予報を告げていた。だが空を見れば秋晴れ、予報だから農家の人たちはその日の天候に委ねて農作業をするのが当たり前、お陽様の機嫌の変わらぬうちにと、その日、その日の作業を図っていくのが常とう手段、晴天が何日か続き十一日の朝も晴れていたが、大型台風襲来を切りもなくラジオが知らせるのが気にかかり、両親は早起き、収穫には少し早いさつまいもを掘り上げ納屋に積み終えほっとしたのも束の間、空が一転かき曇り、篠つく雨が一昼夜降り続いた。

稲作用水に欠かすことのできない江戸川の水、その江戸川の上流「栗橋堤防決壊」の報を聞いたのは十三日の昼過ぎ、我が家は決壊場所から三十キロ下流に位置するのだが、濁流は刻々と水嵩を増してくる。

あと一カ月もすれば早稲《わせ》が刈れるのに、出穂の田んぼを覆っていく濁流の様子は、八歳の目に恐怖となり渦巻いていた。学校の田植え休みに植えた田んぼも見分けもつかず、ただただ茫々と川と化し、その濁流にまかせて水面に顔だけ見せて馬や牛、豚などがのまれていくのを見た。怖いというより初めて見た光影で、水の流れの速さに忘我の体で見ていたのだ。

今から七十五年前のこの台風の名「カスリーン台風」は江戸川沿いの市町村をはじめ、都内足立区、葛飾区辺りまで浸水、墨田川で濁流が堰落ち東京湾へと流れた。姉の婚家の居間の柱には七十五年経た今でも洪水の跡、水位がくっきり残っている。

幸い我が家は周りの家々より高台にあり、水の被害は受けなかったが、部落の畑や屋敷に入った水が引いたのは一週間後で、屋敷の物は流され、畑の作物は見る影もなく顕に、ましてや田んぼは濁流の流れそのままで一ヶ月近く、復元の余力は見られず今年の米の収穫はゼロであった。

農家とてこの厳しさ、他人様のことなど助ける余裕などないが、そこは農家の知恵、経験知は飢餓に備えての備蓄米に、掘り上げておいたさつまいもを炊き込んだご飯は一番のご馳走。被災した親類縁者に切りもなくいもを分けていた光影が目に浮かぶ。

十三年前、東日本大震災に見舞われた東北地方の方たちは、突然の避難所暮らしを余儀なくされ、精神的疲労と運動不足で食欲が進まなかった時、高齢者に一番喜ばれたのがさつまいもの差し入れだったとか。農業が生業といえども東北地方は基本的には寒冷地、気温の低い日数が多いのと寒さの到来の早さで、さつまいも栽培には適さず、五月頃、藷苗を植えても収穫までさつまいもは耐えられず、土の中で傷んでしまうそうだ。

さつまいもの栄養分析表によると含まれていないのは脂肪のみ、あとは六種の栄養素を含む優良野菜、食材と言わしめ、一年一度の収穫で通年備蓄が可能な食糧は他にあまりない。災害国日本で暮らす私たちは常に明日は我が身、危うさと隣り合わせで生きている。

来し方顧みれば先人の知恵、見識の確かさに敬服しきりだ。そんな先人に肖《あやか》ろうと、私は三十年前から懇意の離農家から少し広めの家庭菜園を借り、途切れることなく栽培、収穫を楽しみ、無論、さつまいも栽培は欠くことのできない飢餓備蓄必須作物。八十年弱前に食べた戦時下の飛行機用燃料さつまいもも品種改良を重ね、高系14号～紅あずま～紅赤～紅はるかと客の好みに翻弄されながら日々研鑽に余念のない藷苗育苗者には感謝の一語に尽きる。

我が埼玉県にも、全国的にも知られた小江戸、川越はさつまいもの一大名産地で、その始まりは江戸後期。当時「川越いも」とは武蔵野台地上の畑作地帯で生産されるさつまいものことを指し、原産地は中南米地域と言われ、日本には慶長十年（一六〇五）に沖縄（当時の琉球）に伝来、やがて鹿児島（薩摩）へ伝わった。

また、享保十七年（一七三二）の享保の大飢饉を背景に、将軍徳川吉宗はさつまいもの栽培を推奨する。

『蕃藷考』を書いた青木昆陽を「薩摩藷御用掛け」に任命し、西の薩摩から関東へと普及、寛延四年（一七五一）にさつまいも先進地、上総の志井津村（現在の千葉県市原市）から種いも二〇〇個を取り寄せ栽培を始めた。

川越のイメージが定着したのが寛政時代（一七八九〜一八〇一）で、江戸では焼きいもが大ブームとなる。理由は、さつまいもが庶民の食べ物では数少ない甘い物であったことと、安価で、江戸では各町の入り口に「木戸」と言われた門があり、その門を管理する木戸番小屋では番人の内職でおやつや夜食として焼きいもが売られていて、特に川越産のさつまいもは「本場物」として大人気、江戸までの近距離という地理的条件や新河岸の舟運を利用できたこと、かさばる上に重たいさつまいもの運搬には舟運は便利だった。当事の焼きいも屋は「八里半」と書かれた店頭の行燈看板やさらに「栗（九里）より（四里）よりうまい十三里」の宣伝文句で焼きいもを売り、味は栗に近く、また「本場川越産は栗よりさらにうまいいいも」ということを含め、川越の札の辻から日本橋までの距離が十三里と思われたこと、中国の『農政全書』にさつまいもの利点があると「甘藷十三勝」に因んで生まれた言葉ではと推測されている。

元禄七年（一六九四）に川越藩主となった徳川綱吉の側近柳沢吉保は、上富、中富、下富からなる三富新田の開発を行い、開発後の畑は短冊形に整然と均等に地割がされ、道路に面した屋敷地、その後方に畑地、さらにその奥には肥料などを供給する林があり、この林の落ち葉を掻き集め堆肥にして土に鋤き込み痩せ地で獲れるいものなんと美味なることとか。肥沃ではいも本来の味で育たないのが不思議、痩せ地の冥利とも言うべきか。三富新田では今もこの農法でさつまいも栽培が行われ、平成二十九年（二〇一七）三月に「武蔵野の落ち葉堆肥農法」として日本農業遺産の認定を受けていて、最近、新品種に「シルクスイート」なるカタカナ文字の新顔が登場したとか。今日的に言うならば、ブランド化した川越のさつまいもは地元をはじめ隣町の三芳町にも面積を広げ、十五種類を栽培、客好みの味覚へと飽くなき探求をする日々とのこと。ひと昔の四分の三以上経た私にしても舌にざらつく戦時下のさつまいもの比ではなく、スイーツの名をほしいままに上級になりつつあるさつまいもの存在価値。

この盛り上がりに川越の生業農家では組合を作り、さつまいもを観光産業の一環として園児や家族のいも掘り体験行事を実行、これが大当たり、一時は近隣近在からの申し込みで大変な賑わいだったそうだ。

さつまいもを小江戸、蔵の町、インバウンド川越は十月十三日を「さつまいもの日」と川越いも友の会が決め、昭和六十二年（一九八七）に全国に向けて堂々と宣言した。十月十三日になった理由は「九里（栗）四里（より）うまい十三里」の十三と、旬の時期の十月を結びつけたことや、中国の古典的農書『農政全書』にさつまいもの十三の利点を述べた「甘藷十三勝」からなどが挙げられている。

川越の妙善寺には川越さつまいも商品振興会により、平成七年（一九九五）に戦後五〇周年を記念して建立した「川越さつまいも地蔵」があり、毎年十月十三日には寺の境内でさつまいもに感謝する「いも供養」が開催される。

味よし、量よし、値段よし、上級になりつつあるさつまいもの存在に、私は

「もしや」の時になった、なるかもしれない命綱の「さつまいも」を侮るなかれと言い、食べるものに困窮した戦時下から七十八年、さつまいも愛から目を離せず、願わくは最も新種のカタカナ名「シルクスイート」なるいもを食してみたいと切望している。

「忘却の人」（乳母　野口善子の生涯）

　あれは小学校高学年か、中学一年だったか定かではないが、農村地帯には文化的というものは見当たらず、欲しい物を手にしようとなると五～六キロ先の町へ自転車を走らせねばならないのが常、これが当たり前の生活だったので、行く日を計ると何日も前から思い膨らみ胸が弾んだ。

　今日のように、道路を我が者顔の自動車などめったに見ず、オートバイか自転車が交通手段そして主流だった。

　月一発売の学年誌を買い、小間物屋（グーツ）に寄ってあれこれ品定めするのが女の子の至福の時間だった。ひとしきり時間を費やし街中に出た時、異様な姿の人が目に止まり、あの衝撃は脳裏から消えることはなかった。

　その姿は十一歳か十二歳の私の目にも一目で分かる、若くて美人、きちんと化粧して、見るからに高価な着物で装っているが着くずれて視線が虚ろ、只々街中を歩いているのだ。

この人は一体誰なんだろう。急いで家に帰り街中で見た一部始終を話したら、母は先刻承知「ああ、あの人は老舗呉服屋さんの若奥さんだよ、名誉なことに皇室から選ばれて皇太子（今の上皇陛下）様の『乳母』になったんだと」、「乳母」初めて耳にした言葉、大正一桁生まれで、どっぷり戦前の「朕、おもうに……」を最後まで諳んじる母のこと、皇太子と口にしただけで神様の子、恐れ多いと感じる始末。私にも妹や弟が生まれ、生んだ母親がお腹が空いて泣き叫ぶ乳飲み児を見計らっては胸にしっかりと抱き、乳房顕わに迸る母乳を口いっぱいに含ませていたあの日の姿が甦る。産んで親となり、我が子を健やかにとの一念で養育するのが当然と擦り込まれている。ほ乳類、動物の本能なのに。

皇室の掟に理解できずにいたが、私も二児の親になり、実母を手本に朝な夕なの明け昏れの中、見ず知らずの人の母乳と養育が生涯の人間形成に影響がないものなのか、ふと疑問符の灯を抱き続けながら今日に至った。

幸いにも、皇室の次の天皇になる皇太子の乳母の身分で宮中に参上した人を年端の目に焼き付いていたので関心は容易だった。が、なぜ、我が町の商家の若奥さんに白羽の矢がたったのか、その上自分も子を産んだばかり、神の子皇太子と我が子、二人分の母乳、充分だったのかしら、不安ばかりが先走った。その人の名は野口善子さん、もう一人は副乳母の遠藤はなさん、初めは二人体制だったが、宮中にあがって二ヶ月目に副乳母の遠藤はなさんの乳が止まって解職され、野口善子さん一人で重責を負うことになった。

昭和八年十二月二十三日午前六時三十九分、産殿と呼ばれる産空に呱々《ここ》の声を上げたその声の人は、生まれながらに次の代を継承する皇太子の第一声だった。すでに二十日から野口善子、遠藤はなの二人の乳母が別室に控えていたが、初の授乳は母皇后から与えられることになった。

かつて宮中では全てを乳母に任せた時代もあった。しかし、皇太子より前に三人の女児を育てた経験から、皇后はできる限り自分で授乳することを望んでいたのだという。それに皇太子の母親である皇后は、意外と宮廷の現状に挑む勇気を少なくとも子育ての面において持っていた。

その勇気を立証する次の事例が伝えられている。昭和二年、天皇皇后の第二子、つまり皇太子の姉さんとして生まれた祐子内親王は、生後数ヶ月目で消耗性疾患にかかり、わずか二歳で亡くなるのだが、この時侍医たちは、どんなに祐子内親王が苦しんでいても、ただ見守るだけ、注射一本打とうとしなかった。皇族の体は金枝玉葉だから医療的苦痛を与えてはならぬという掟があり、肉体に針を刺す注射はその医療的苦痛とされていたのである。皇太子誕生のわずか数年前のことだ。この時皇后は、牛頭馬頭を叱咤する司のように「はやく注射をなさい」とその伝来の掟を破る厳令を下したというのである。結果として祐子内親王は亡くなられたのだが、金枝玉葉の面々が注射を受けるようになったのは信じられないことだが、この時以来だった。少なくとも授乳は可能な限り自分の乳房から、とくに初授乳は絶対自分の乳房からと、関係者に厳命していたからだという。

皇后についてはこんな話もある。

分娩直後、いち早く生まれた赤ン坊が男児であることを見てとった佐藤侍医頭が、「親王殿下でございます」と告げた時、「本当ですか？」嬉しさのあまり分娩台から起き上がったというのである。よほど嬉しかったのだろう。それだけに初授乳はなおのこと、自身からの願いがあったのだろう。抱れてきた赤ン坊に乳房をふくませる嬉しさと安堵の情景が目に浮かぶようだ。

だが、その夜から事情は変わってゆく。

次の間に控えた乳母が、夜と深夜と早朝の授乳を奉仕することになる。

理由は、昔よりのしきたり、ついで皇后には夜は休んでいただくため、さらに皇后には各種宮中行事があるから、それに疎漏がないようにというのだ。母親というものは、一晩に三度も四度も起きて泣けば、乳を飲ませオムツを替え、苦業の中から子への愛情を育んでいく。それはある意味では母親となった楽しみであり、親の特権でもあるのだが、皇后はそれを取り上げられているのである。祐子内親王の注射騒ぎの時に見せた勇気も限界があったということ、宮廷というものが持つ重味ということだろうか。

今日の上皇天皇における人間を考えるのに決して無関係ではない。乳母とは、母親に乳が出ず近所に貰い捜し歩くといったものとは本質的に違う。赤ン坊にとっては、母親に乳が出るのに、アカの他人の乳をしきたりによって、知らぬうちに飲まされるという体験である。時として臍と唇を同時にかむ思いがするはずであり、おそらく皇太子自身も、物心ついて母乳の成行きを知り、その思いに駆られ続けたのではないだろうか。

ともあれ、昭和八年十二月二十四日夜から赤ン坊は他人の乳を飲まされはじめた。母親としての皇后はどのようにしてその好意を受け止めて見ていたのか、聞くことはできず、憶測ばかりが広がってゆく。

一週間が過ぎた時、これも宮中のしきたりによって名前がつけられた。「継宮明仁親王」命名はまず、四名の碩学が宮内省により選ばれることから始まった。和漢の文献に通じ、故事にも詳しい碩学である。文学博士市村瓚次郎氏、同三上参次氏、宮内省御用掛吉田増蔵氏、同図書寮編集課長芝葛盛氏。

彼らが蘊蓄をかたむけ合い、会議という形の中で名前の候補を考えていった。行く末は天皇になるべき人間にふさわしい名前が第一、宮中用語でいう「御内選」である。初めに「継宮」の名前が決まったという。

十年目に降って湧く如く誕生された皇位継承男児、そんな四碩学の思いがこの文字には込められていた。四碩学の皇太子に対する期待の重さも感じられる。ついで「明仁」の文字。更に他にも数種の候補を考え、天皇に奏上し、中から一つ選ぶという形で決定を下してもらったのだが、他の数種は当て馬であった。

なお、四碩学の一人である三上参次博士は、翌九年三月十四日の貴族院で中等学校（男子の中学、商業学校、女子高等女学校）における英語授業を減少すべきだと主張、演説した人物である。英語などより国語・漢文に力を注ぐべきだと言ったのである。

学問的国粋主義者というべきだろう。

さすがに、軍国主義風潮に洗われはじめた当時の議会でも、これには異論が湧き起こったが、翌九年から、この三上の主張を受け、英語授業を減らす農業高校、高等女学校が出ている。「御命名」の儀式当日、父親昭和天皇は軍服を着ていた。「継宮明仁親王」御命名の日の夜、産声を上げた二十三日より大変な騒ぎになった。一夜にして十倍に跳ね上がったホオズキ提灯を手にした全東京市立の中等学校・青年団・青年訓練所の青少年達が、提灯大行列を見せたのである。もっとも、自発的でない。「進軍」を命令したのは、内務省と東京市役所である。

内務大臣と東京市長が東京を火の海にし、奉祝の景気をつけ、合わせて国威発揚を考えたのである。青年訓練所とは勤労青年を義務的に集め、予備役陸軍将校を配し、軍事訓練をほどこす半学校である。装丁予備軍の訓練所であった。彼等は、日暮れと共に市役所の命ずる計画に従い、一ヶ所に集められたのは十万とも十二万にも上ったともいわれている。

これだけの規模の提灯行列は、東京市史によると、後にも先にも昭和十二年十二月十三日、南京陥落の時だけである。空前の出来事であった。

「銀座から一歩出ると新宿でもネオンが珍しい時代だったので、昼みたいだと祖母は眼を見張り、天子様のおかげだな」と言ってましたと、新宿の荒物屋で聞いた話である。

もちろん、そんなことを生まれて一週間目、やっと名前を貰ったばかりの明仁氏は知らないし、「万歳、万歳」を叫んだこの若い民草たちも知るところでなかった。ただ、これだけは言える。それは歴代天皇のうちこれほどの大祝賀パレードを受け、誕生した皇太子も、名前を付けられた皇太子も一人としていなかったということである。天皇史において最高最大、空前の盛事があったということである。夜だけではなかった。昼は「音の歩く」祭典が繰り広げられていた。

片田舎の老舗呉服屋の若奥さん、野口善子さんの目にどのように映っていたのだろうか。想像を超える重圧の中に身を置き、果てに心の病いを得ての境涯に仮に存命であったなら、私たちはどんな言葉をかけたらいいのだろうか。一人の女性の有為転変の生涯に答の出せない私です。

※参考『新天皇の足音』汐文社　千田夏光

「夢のあとさき」（宝くじに託した男の話）

一蓮托生で、あまり代わり映えのしない農家の朝な夕なの手仕事に少々嫌気を持ち始めた定男は、秋の取り入れがつつがなく済むのを見届けると、近在の駅構内客待ちタクシーの運転手募集に応募するのが農閑期の仕事探しであった。

冬場の農家の仕事は、義理の両親がその日その日の天候と成り行きに任せながら夏と秋の繁忙期で疲れた体を労わりながらの量でちょうど良く、若夫婦の妻は子育てをしながら三度の厨仕事を設えるのが常、一家の中で定男の居場所はどことなく不安定、ましてや定男は婿養子、義理の両親は幸い丈夫で一家の中で定男の立ち位置は常に定まらなかったのである。冬場の寒さも緩みだせば田起こし、水稲の床と苗作りと猫の手も借りたい忙しさ。そんな時は家の各人は各々の持ち場を分けてその日の野良仕事に精を出し、疲れた体に充実感を覚えつつ夕餉の晩酌が一服の清涼剤だったのは言うまでもない。昭和四十年代から五十年代にかけて、農閑期の冬場の間、定男はハイヤー会社からの要請で正運転手の身分で勤めていた。田舎の駅とはいえ、都会とつながる駅は下りの電車が着くたびにそれなりの客の利用があり忙しかったが、晴天の昼間などは時間を持て余す時もあった。

そんなある朝、日勤交代で集まった十人の仲間の一人が目の前の銀行横で売り出している宝くじのグループ買いを誘いかけ、皆その話に乗った。初めは興味半分、小遣いの中での楽しみで買い、当選番号発表日を心待ちしながら一枚二〇〇円の宝くじ券を懐に一人十枚、時折起きる仕事の憂さを忘れさせる好材料だった。

一年に何種類も多様に売り出される宝くじに次第にのめり込むのは皆同じ、はためく幟旗に呼ばれているように思えてくるから不思議。だが、手にしたくじ券の番号を照らし合わせても一向に当たらず、くじ運の女神に見放された感の中にも仲間の中には三等や四等を手にする者はいたのだ。だが定男には、宝くじの幸運の女神の降臨せぬ月日は三十年も流れた。義理の父親を黄泉に送り、一家の長として実権を握りながらも自分自身の身を悔やんだ。婿に出され肩身の狭い思いを抱きながら今日まで買い続けている宝くじにまでも見放されている思いが強くあったのだ。だが一攫千金を今日まで夢見る定男は、喋らぬどころか酒もたばこも飲まないことを口実と建て前に、趣味の一つと割り切り倍の金額でくじ券を買い漁る日々が何年続いたことだろうか、思いにふけるこの定男の心情を妻はおろか、子ども、家族の誰一人が気づかず知らないのである。婿養子という身上で普段より口の重い定男の秘密裏の一方で、この不遇をある意味楽しんでいたのかもしれない。

街中にけたたましく鳴りひびくジングルベルに心躍る冬の夕暮れ、ふと朝に眼にしたカレンダーの「大安」の赤文字が不意に気にかかった。先刻乗せた客からのチップが頭をよぎり、そのお金と共にくじ売り場に足は向いていた。運転手仲間とのグループ買いを外れ我一人での行動に後ろめたさすらあったが、思っていたよりすんなり買えたあの時の心境を顧みても、どうして買う気になったのか、魔訶不思議なくらい、気持ちは軽く、わだかまりを突き抜けた後のようだったとか。

「歳末ジャンボ宝くじ」この宝くじ券はあくまで我一人のもの、うっかり喋ったら大ごとになるのは分かっていたので誰の目にも触れぬよう、神棚の隅の隅の奥へしまい込み、平静を装い変わりなく職務を果たしていた。仲間とのグループ買いの時も平静を保ち続けてはいたが一向に運は遠ざかった。一家の長として、地元地区の神社の正月行事の設えを済ませ、つつがなく新年を迎えられたことの安堵に浸る間もなく、正月早々仕事のシフトが組まれていた。日は巡り七草がゆで今年の息災を願いながら出社した定男は、年末に買った宝くじが気にかかり、すぐさまUターン。神棚からくじ券を胸ポケットに忍ばせ、空き時間にいつもの売り場に立ち寄った。

くじ券を手にした時から当選番号発表までの間、「もしも当たったら」に夢を賭けて買うのが宝くじと、コマーシャルがテレビ画面に流れているけれど果たしてそうだろうかと疑い半分の想いが頭をかすめている。くじ券販売の窓口へ一〇枚綴りのワンセットを差し出し確かめていると、何やら売り場全体が騒がしくなりただ事でない様子、何事か問い正すと別室に招き入れられ、何度も番号を照らし合わせている。「間違いありません、一等です」、売り子の声が平静に戻り一等を告げられた定男は体が小刻みに震えるのを体感した。予想だにしていなかった一等当選の動揺を抑えつつその日の勤務を終え、その足で本家に寄り、事の成り行きを興奮冷めやらぬまま滔々と喋りまくって帰る後ろ姿は幾分大きく見えたのだった。懐が暖かくなった定男に対して、事の次第を知らない衆目は大法螺を吹いているのかと疑いをかけたくなる振る舞いだったらしく、定男の身の変わりようusing本家としてもしょせん人様の家のこと、干渉もできず傍観を決めていた。

婿養子ゆえ、土着の人たちと多少の意識の違いは垣間見られ、地域の寄り合い時などどこか遠慮がちだったが、当選金という不労所得を手にしてからは自信すら見えてきた。足しげく本家に来てはこれからの計画を話す笑みに、周囲の人たちの目にはうらやましくも嫉む気持ちが多少なりとも湧いたのは否めなかった。

当選金をまるまる注ぎ込んで建て替えた母屋と納屋、堅実な農村地に突如建った二棟に、口さがない近在の人たちからは「宝くじ御殿」と揶揄して呼ばれるようになった。入り婿として四〇年、自分の代で母屋と納屋を建て替えた定男は、家長として男として人生を賭けた大きな夢を果たせた男気に内心鼻高々、胸を張りたい心地に違いなかった。良い話は続くもので長男に結婚話が決まり農家にとって二重の喜び、めでたし、めでたし、シャンシャンシャンと柏手で納めたかったが、事はそううまくいかなかった。定男の息子言わく、「結婚を機にこの家を出て町で暮らす」と言い切ったのだ。定男にとっては寝耳に水、長女はすでに嫁ぎ、長男として農業を生業にしなくとも、同居し家を継ぐ者と思い描いて新築したはずだったのに、本家や親戚縁者の説得にも首を横に振るばかりだった。長男本人曰く、「この家に住む限り宝くじの金で建てた家のレッテルが終生つきまとう。俺はこの際町に住む」ときっぱり言い切り、この言葉に親戚、家族一同、落胆は隠せないながら若い本人の気持ちも理解できると二の句は告げず、重ぐるしい沈黙を新畳の井草の香りが十畳間の空気を鎮めていた。

　この十畳間こそ定男の思いが託されているのだった。田舎ゆえ近くに親戚、縁者、地元地域の人たちが来る折、慶事や仏事の集まりに、以前の家は手狭で難儀したので十畳二間、八畳二間を客間に設えたのだったが町暮らしをするという息子を案じつつ、孫やひ孫らとの暮らす夢が潰えた寂しさは想定外だったと吐露したとか。

　数年後、義理の祖母、妻と次々と黄泉に旅立たれ、今となっては広すぎる母屋に定男は独り残され、身の置きどころなき空しさに狼狽えるのだった。

　次第に「うつ」の病を得て入、退院を繰り返し、見舞いに行った身内にぽつり涙目で「宝くじは俺の家には魔物だった、家族を食い殺された」と積年の思いを一気に吐き捨てついに帰らぬ人となった。

　主なき残された母屋と納屋、農地を身内ゆえ相談されても誰も手を出さず、不動産物件として売りに出され、新聞と共にチラシの束の中の一枚に二棟の見事な写真入りチラシが目に留まった。亡き定男にとってこの二棟、長年の想いは一炊の夢だったのか。それとも砂上の楼閣なのか、今でも逡巡する私がいる。

「たたり」では

そこここに残る敗戦の傷あと、昭和二十年代の日本の国土は荒れ放題で生活圏でコンクリートの舗装道路など目にすることはなく、道は土砂むき出しの泥んこ道。そんな世相の中でしばしば目にしたのはこの道を我がもの顔で横切る大蛇の青ダイショウや縞模様のニホンマムシだった。いたずら盛りの男の子たちは見つけ次第石を投げつけて遊んでいた。

私と言えば己年生まれながら大の蛇ぎらい。皮肉なことに、体をくねらす生きものが大の苦手で視界に入っただけで足はすくみ身は固まり動けない、そんな我が子を見かねた両親は決まって「蛇のたたりは怖いからね、いじめたりしてはいけないよ、神社の白蛇は神様の遣いなんだからね」と諭し、蛇の霊力を信じ、抜け殻をガマ口財布に忍ばせていたっけ。その果ての御利益を知る由もないが、蛇のたたりと耳にしただけで薄気味悪く不安を一層増幅させ、頭から離れぬ三文字になっていった。

幾星霜長い歳月の途次で手痛い失敗や物事がうまくいかなかったり、アクシデントに見舞われたりした時など、ふと頭を過るのはたたりの三文字。私意の結果なら諦めもするが、不可視で生じたアクシデントにはどう対処したらいいか、自らの行いを責めたり、反省したりと余念がない。たたりとは神仏、亡霊、もののけからの罰だと言う。

話は逸れるが、今のこの地に居を構えたのは五十年前で、当時の総理大臣はダミ声の新潟弁丸出しで小学校卒の学歴なれど、頭脳明晰な田中角栄さんだった。「もはや戦後ではない」をスローガンに、「日本列島改造計画」を掲げて、都会でアパート暮らしをしている多くの家族は夢に描いたマイホームを求めて都心から郊外へと大移動していた時代。ご多分にもれず東京近郊の農地や山林が業者によって瞬く間に宅地に転用され、何々団地という名の木造集合住宅が誕生したのだった。

我が家から目と鼻の先に「A団地」という十二戸の団地がある。この団地の住人たちはかつての三十代から四十代の高度経済成長期の担い手真っただ中の働き盛り、不況や生活困窮など他所の国の話とばかり、意気軒昂そのもので活気に満ち、どの家族も夫婦と子ども二〜三人といった、幸せを絵に描いたような風景が広がっていた。この団地の産声が呼び水になり、次々と戸建住宅が新築され、何カ月前まで野菜畑だった陸場の風景が一変したのは言うまでもない。突如、今仕様に設えられたハウスメーカーの新築住宅、土着の人の目にはまぶしく、うらやましく好奇に映っていたに違いない。そんなある年の晩秋の夕暮れ、この団地の一件から火の手があがり、瞬く間に二階建ての家屋が崩れ落ち、焼け跡から両脇に幼子を抱えた母子の姿が浮かび残された。遠目に現場を見ていた懇意の古老から、「この火事は神様のたたりだよ」と耳打ちされた。久しく思い出すことのなかった「たたり」の三文字が蘇り、体が固まったのをよく覚えている。したり顔のその古老は、「神様のたたりだよ」と言い放った後、声を抑えてもどかしそうに、徐々にこの土地にまつわる来歴を話し始めた。

話のすじは、昭和の初め、この集落の土地を治めていた大地主のN家が小作農の人たちの拠り所として神社を寄進し、農耕の神様を崇め、人々は集落のしきたりとして季節の初物を供物として絶やさず祀っていたとのこと。神社はこの古老が子どもの頃、地域の友達と遊ぶ場所でもあり、親たちには事あるごとに寄り合い所となり、年中行事の祭事は一番の楽しみだったと語り、険しい形相が在りし日を懐かしむように相好を崩し穏やかな面持ちに変わっていった。しかし、この良き日は長くは続かず、太平洋戦争に敗北して敗者の立場となった日本は、連合国総司令官のマッカーサー元帥の指導の下、農地解放が行われ、隆盛を極めた豪農、大地主は没落、代替わりしたN家はこれからの時代を考えて子どもの教育に力を入れ、教育資金調達を建て前に外の土地に神社を移転させ、この地を不動産に売却。息つく間もなく業者の手で宅地に整備され、都会からも近隣からも転入の流れに加速がつき、あっという間に十二戸の集合戸建て団地誕生となったのだった。

　母と幼子の焼死から数年後、この隣家の息子さんが自死、その三年後には五十代の戸主が鉄道自殺、その二年後、前述の斜向かいの家で障がいを持つ中学生の息子さんを道連れに母子の焼死と痛ましい事件、事故が続き、周囲の住人たちも重ぐるしい雰囲気と疑念が漂っていたが、その先の解明へとは進まなかった。実情を熟知している土着の古老たちは新住民との接点は薄く、口をつぐんで我関せずの姿勢を通し、古老から聞いて土地の来歴をうっすら知っている私でさえ絶対に口外しない。でも、古老たちが寄り合い四方山話になれば口をそろえて「神社の終い方が雑だったからなー」と、神社への鎮魂の忸怩たる想いを吐き捨てるように断罪する。当時の広告媒体だった新聞の折り込みチラシを手に、一日でも早くアパート住まいから大きな生活基盤である終の棲家を求めた人たちに何の罪があるのだろうか。それとも何かの天罰なのだろうか。その後、何年経っても団地の住人たちは次から次へ不治の病を得て療養を余儀なくされているという。

何年経っても団地の横道を通るたび古老が説いたたたりの不条理に疑問は消えず、もしや神社に降臨した神様の霊が「地縛霊」となって今でも呪い続けているのだろうか。

霊には寿命はあるのだろうか、何年ぐらい呪い続けるのだろうか。疑念は拭えず背筋がぞくっとしてくる。

「句作」

まんさくや早め早めに時刻む
世故たけてまんさく占ふ農事ごと
一の午幟由々しき古代文字
まんさくや少年棋士の快挙また
山畑は猪垣重ね山粧ふ
残月の疲労滲ませ秋ゆけり
ゴーヤ蔓一すじ吹かれ秋ゆけり
行く秋や一代年寄部屋閉ざす
エンディングノート思案や梅雨深し
梅雨兆し潮の香濃ゆき切り通し

深梅雨や疼くも効かぬ貼り薬

小春日の新宿異国のことば交ふ

独り居の風除子より朝メール

風除を立てて世間を遠くせり

風除や解体ショーの魚市場

震災に負けぬ柳葉魚すだれの小春浜

朽野《くだもの》や場外売り場の棄て馬券

風鈴や小才を利かす厨夫

風鈴の韻くも大の字帰省の子

風鈴を外し忌の家憚りぬ

会わずとも届く仲なり冬至柚子

柚子届く礼の土産は諸と柿

掌に日向の温みあんぽ柿

「句作」

諸供出戦争の助け死語なりき
背に熱き親の視線や子供の日
凧揚がる未知の二文字《もじ》子供の日
子無き友終生子供の日を疎み
上州は凧の百日梅さわぐ
薄氷や憑いて離れぬ貧の神
受験子へ梅ほころびて文殊寺
薄氷の池に浮葉のアート展
薄氷や市井の枷の秘密法
叶うよな夢抱かせて初の蝶
初蝶や生活の螺子を巻き直す
初蝶や出立の郷は震災地
水仙のような女《ひと》ねと美辞麗句

初句会歩幅大きく句座の道
潮の香や水仙街道南向き
ライバルの席真向ひに初句会
外面の良き夫水仙抱え来る
反古になる見合い話や秋旱
踊り手のひと息つくや櫓うら
ふるさとに一夜踊りて同窓会
捌き良し男おどりの腰の位置
一徹の農の明け昏れ日焼顔
語るかに奄美島唄青田風
出藍の青年棋士や青田風
農耕の馬着飾って青田道
利器農の女子力青田輝かす

七日（四十九日）蛍網戸に動かざる
畑了えて一夜湯治の蛍狩り
二つ買ふ夏帽ひとつは畑用
歌佳境ジュリーが飛ばす夏帽子
拾う舎利一すじ痛恨薄暑光
赤飯で祝ふ天命薄暑葬
麦の風もてなす早苗ぶり湯気豊か
薄暑の田水尾立ち易き午後の風
蛇穴を出づ産土の葬り道
片寄せの土たよりなく蛇の出づ
鳥曇り天与の才は農にあり
鳥曇やメモに記せりハッシュタグ
蛇穴を出づ地下足袋を新調す

蛇穴を出づバラ園の日が香る
残業やふと墓標めくビル朧
海朧波消ブロック碑の如く
目借時一家の要塞母ありき
麦の芽や育児書通りにゆかぬ児ら
麦の芽や生きる標べの反骨心
一行の近況報告子の賀状
貴重なる手書き毛筆賀状受く
梅雨寒むに粋を被って一重かな
軽トラを愛車と老農青田道
和菓子屋の花繚乱とケース中
川の傷深さの跡やあばれ梅雨
二番子も事なき育ち帰燕かな

八月の戦ばなしの重さかな
語り部の今更思う敗戦記
山容の肩崩しつつ落葉急
菰菜苗店頭埋めて秋暑し
句作練るサイダー一気に干してより
ギリシャ悲劇難解にして秋暑し
北風は小僧、三郎、男の子
新米の届きて父母の恙なく

句作を始めて四十数年、結社に入り関東地方で活動し同人になり投稿しては毎月句集本が送られてきたが、身の回りを整理し、最近、句集を処分したのが残念でしたが、数句手帳に書き溜めておいたのを思い起こして書いた。

一編も加えた。

あの日　あの時

日に何本も通らぬバスで隣町へ出るのに県をまたぐこの部落を、口さがない大人たちは決まって陸の孤島と呼びながら、土着の気概を持ち嬉々と暮らしているように見え、不満など聞いたことがない。春子の実家は農家とはいえ駅に近く、線路を挟んだ反対側には精密機器工場があり、地元の人たちの格好の働き場所、義務教育を終えると女子工員の身分で採用されるのが大筋で、春子もそんな中の一人だった。親にしてみれば家の近くの職場なら知り合いも身内も勤め、会社や仕事の内容も事あるごとに世間話の話題に上ることとしばしばである。その上会社が終われば目と鼻の先の家にすぐ帰宅でき畑の手伝いもできる。手で植える田植えと稲刈りは俗にいう猫の手も借りたい忙しさ、親はそこを目論んで勤め先を勧めたのだった。そんな親の計算した下心など露知らず、会社が退ければ一目散に自転車で帰る孝行娘なのだ。

男手が欲しい多忙な農家だが春子の家は父親一人、弟二人は中学生と小学生、姉の目には心もとないやんちゃっ子、畑の頼みごとなど無理なことと分かっている。もし弟に頼んで失敗でもされたら両親から大目玉のげんこつが飛んでくるのは経験済み、先手を打っての策略なのだ、こんな緊張の日が一カ月も続くのには訳がある。

田植えにとって大事なことの一つに水管理という役目がある。何年か前、政府の農業政策の一環として農地整理が行われ、飛び地にあった田畑が各家の屋敷周りに整理され、移動のロスがだいぶ軽減されたのを実感していた。

だが水管理というのは稲苗を植えるまでの前の段階で、冬耕しておいた田んぼに水を張って代田に整地。一日か二日落ち着かせて田植え作業に入る。稲苗を植えこむ代田に水が多くても少なくても仕事の捗り具合に「差」となって現れ、そこの塩梅、年季が物言う作業なのだ。春子の家は周りの農家より農地が多いこともあって水当番の役をよく頼まれ、朝一番の仕事は昨夕、堀から各田んぼに水が入っているか見回るのが大仕事なのだ。

野良支度もそこそこにオートバイにまたがり各家の水入りを確認、納得、安心して朝膳につくのが日課。野良回りから帰った父を母は安堵の目を向け、

「よかった、よかった、一安心」

と言いながらご飯を盛るのだった。

どの家もここ一～二週間が勝負。その上その日の天気も気になる。梅雨真っただ中、雨の利便にのっての田植えとはいえ侮れない。ご飯を食べながら今日の仕事の段取りを話し合っている。その話の流れに耳を欹てながらこの忙しさからなんとか逃れる手立てはないか暗中模索を試すのだが成功した試しがない。このごろ二人の弟たちも一人前になり、親の片腕ぐらいの仕事も手伝えるようになって頼もしくなった。

「よかった、これからは弟たちへバトンタッチできる」

春子は胸の中で大きく拍手しほくそえんでいると弟忠雄が、

「ねえちゃん、何にやにやしてんだ、そんなに田植えが好きで楽しいか」

春子は返す言葉に狼狽しながら、

「日出男と忠雄の仕事ぶり、うまくなったなぁ、ねえちゃん感心したよ」

姉の褒め言葉にまんざらでもない様子。二人は競って稲苗を植え手の手元に手順良く置くのが今日の役目。それをリズム良く進めているのを横目で見届けながら、

「やったぁ、やったぁ、成功、成功」

と褒めるのが一番の甘言と春子はほくそえんだ。

朝ごはんの時、父の話の段取りより捗り上機嫌の父ちゃんと母ちゃん一家総出の田植え仕事に畔を通る近所の人たちも、「偉いねー、感心、感心と」と褒めていく。ほめられ気分は悪くはないが、なんだかこそばゆい。

「春ちゃんは、勤めをして、家の手伝いもよくやる、感心な娘だ、今にいい嫁の

口が来るよ」

隣の田んぼの村田さんの叔母さんが笑いながら声をかけて通っていく。父ちゃんも母ちゃんも笑っていたが春子はたじろいた。三年前に成人式を済ませたけど結婚とか、よその家に嫁入りとか考えもしなかったから。そうか、世間の人の目は、年頃＝結婚なんだと分かった。

天気にも恵まれ大過なく田植えも無事済み、休む間もなく出社した。

春子の脳裏の片隅に村田さんの叔母さんの言葉がうごめいている。嫁入り、結婚。そういえば母ちゃんが口癖のように言っていたっけ。

「女の子は商品なんだよ、悪い噂が立たないように気を付けてな」

何が悪いことなのか、何がいいことなのか、分別もない自分に不安ばかりが膨らんだ。

成人式に女子は大方振り袖で出席するのは、「わたしは一人前の女性です」をアピールしているいでたちだとか、雑誌で目にした記憶が蘇った。

「そうか、世間の目は女の子は結婚、嫁入りで一生の決着なんだ」

何か釈然としないが自分を自分で諾《うべな》った。

六月の梅雨の晴れ間の朝の自転車通勤は爽快。何日か前、一家総出で植えた稲苗の色が日ごとに色を濃くしている畦道を通い路に会社へとペダルを踏む春子。距離にして二キロ、時間で十分足らず、この間に今日の仕事のシミュレーションをするのが日課だ。名前が書かれたロッカーで仕事着に着がえたところで白いものを目にした。

「この封筒、何？」

おそる、おそる、高鳴る鼓動を抑えながら手にした表に「近藤春子様」とある。私に間違いない。すぐさま裏を返したら真っ白。名無しのごんべいだ。

「誰だろう、こんな悪戯する人？」

入社して十年近くになる春子は中堅の位置、社員の役職と職歴は大方知っているつもり。ひょうきんなHさん、物静かなYさん、それともBさん、名前だけが頭の中を駆け回る。これから仕事なのに、動揺が抑えられない。

会社の部署と社員の名前は一致するが、これまで悩み事など誰にも相談したことのない春子だった。

楽しくて、悩むことがない毎日を送れていることに不満などなかった。だが、今日はいつもと違う。この早鐘のようなどきどき。心臓でも悪いのか疑いたくなった。八時三十分、始業のベルで我に返りいつもの席についた。なんだか落ち着かない。回りの視線が妙に気になる。朝の白い封筒は作業着の内ポケットにしまった。上から触れた感触は薄っぺら。総務からの伝票かな。それとも三日前に社員割引を使って買った目ざまし時計の領収書か。思い巡らしながらも開封する勇気は出ない。どうした、今日の優柔不断さに春子は恐《おそ》れ戦《おのの》いていた。

会社員という肩書きもそれとなく身につき、その日の仕事の手順や流れを後輩に指示したり、注意したりする立場になっていたが、その役を振りかざす春子ではなかった。どこまでも、気真面目、控えめなのだ。

精密機械と言っても簡単に言えば「時計の部品製造、組み立て、製品仕上げ工場」だ。時計のスイスと世界から持てはやされた日本、手先の器用さと風土が時計作りに適地と言われ、毎日、目の回る忙しさ。なのに今、左の胸にある今朝の白い封筒が気になる。

コンベヤーに乗って回ってくるこまごまとした部品を組み立て一つの形ある製品に仕上げる流れ作業。一日の仕上げ個数のノルマを果たさなくてはと、皆真剣に取り組んでいる。

春子も平静を装いながら皆に負けじと絶え間なく周る部品をリズム良くキャッチしては嵌め、次へ。難しい作業ではないが欠勤者の穴を埋めたり、製品による部品の数で作業の席や部署が毎日替わるのが難点でもあり、気分転換にもなるのだ。

朝からの動揺が尾を引いて何度か部品キャッチを外したが、どうにか午前の作業の終了を告げるチャイムを耳にした途端、どっと冷や汗が背筋に流れた。いつもなら待ってましたとばかりに社員食堂に直行し、工員仲間と他愛ない世間話に興じながら午後からの英気を備えるのが常なのだが今日は誰とも話す気分になれない。体調不良を理由に早退したい。仮病の悪魔が脳裏をかすめた。

右往左往している食堂の社員たちを目で追いながら一回り見回したが工場長の姿が目に入らない。どうしたことか、気分は沈むばかりだ、日に何度か工場内の仕事の進捗状況を探りまわる工場長が疎ましく見える時もあるが、今は立場の違う頼みの人を一心に探し喘いでいる。

タァ、タァ、タァエ　リズム良く刻む聞きなれた靴音。

春子はとっさに工場長の顔が浮かんだが期待は裏切られた。外商と思しきバイヤーと歩きながら商談の最中なのが聞き取れたからだ。

「いけない　今日はまずい、諦めよう」

何事もなかったかのように工場長と入れ替わり、思いを残しながらそそくさと席を立ち、いつもの部署に戻り午後からの勤務にスイッチを切り替えた。

（しかたがねぇや。朝、出かけに見たカレンダー、今日は仏滅だったからなー）

何気に見た仏滅の二文字がやけに気になったのはこのことの暗示だったのだと納得し、諦めも早く一日の作業工程もスムーズに終え安堵しながら定時の五時に退社。一目散で家へと自転車のペダルを踏むのだった。

今日一日、作業着の内ポケットに秘密裏に忍ばせた白い封筒。今はバッグの中にある。

いつもより踏むペダルが軽いのはなぜなの。自問しながら頬が緩むのを覚えた。

「ただいま」

ガラスの引き戸の音が夕間暮れの静寂さを破って家の中に響き渡っていくのが分かる。

ラッキー、誰もいない。春子は二階の自分の部屋に直行した。息も絶え絶えにバッグから取り出し封筒を開けてみた。

作業着の上から触れた感触が薄いのは分かっていたが、半分に折った便箋の中に草の葉っぱの一葉がセロハンテープで止めて左下に小さく「青柳一生」と記してある。

「え、え、え、」

驚きで声にならず鼓動だけが早鐘のように躍動している。

青柳一生さん。

設計、デザイン課にいて女子工員からは一目置かれている人だ。

出た大学は知らないが社内では数少ない高学歴で身長一八〇センチ。

その上美男子。

世間で言われる三高なので女子社員憧れの人、女子が五～六人集まれば誰が恋人になれるか「恋のさや当て」で盛り上がるのはいつものことなのだ。その人からどうして私に……。

戸惑いとうれしさが相まって心臓の真ん中からほんわか温かくなるのが分かっ

た。勤続十年近くになり、社員の男女比率も半々の社内に、年頃の春子も憧れ、心動いた人は何人かいたけれどゴールのテープはきれなかった。

そんな私になぜ……。

疑心暗鬼の渦の中でもがきながら一葉の草の葉をもう一度丹念に見直し、クローバーの押し花だと分かった。

「すみません、動揺していて見間違いました」

言葉にしなくても丁寧に心で詫びながら、明日社内で会ったらなんと挨拶したらいいか夢想している春子だった。

静かに夕靄が降りてきても、野良仕事から戻らぬ両親への手伝いは夕飯のご飯を炊いて、味噌汁を作ることだった。

ぼんやりしているとさっきのクローバーの押し花が気にかかる。大学出の人は中卒の私を試しているのか。疑い深くなるばかりだ。よそう、悪く考えるのは、と余計な考えを振り払った。

三日後、社内研修という名目で各部署から二名ずつ選出され、プロジェクトが組まれた。

ライン部署からは工場長と春子が参加。総勢十五人で今後の製品のデザインと販売戦略が話し合われた。当然今日の話し合いの核となる設計、デザイン課はリーダーシップを取って議事、進行を担っていて、あの青柳一生さんも参加し発言者の一人だった。

「何日か前、私のロッカーに白い封筒を入れたのはあなたでしょうか？」

と問い質したい衝動に何度も襲われながら、視線だけは青柳さんから逸らさず聞いていたが、青柳さんから春子へ視線が向けられることは一度もなかった。

やっぱりあれは誰かが青柳さんの名前を使った悪戯だったか、という疑念が一層膨らんで話の内容が後ろに流れていく。

「工程の近藤さん、意見ありませんか」

とっさに振られた春子は問題提起の解釈にしどろもどろで答えることができずにいたが、やっと、

「これからの時計はデジタルや電波時計ってどういうことですか？」

と聞くことができた。春子には聞いたことのないカタカナ言葉にドギマギしながら着席すると、

「それは短針、秒針がなく数字が時間表示するんです」

すかさず青柳さんからの返答だった。時計から針がなくなるとは想像だにできなかったが、分かったふりで腹をくくった。

初参加の春子には会議は思ったより長く、お開きの時間には夜の帳が工場の敷地を覆っていた。

「気を付けてな」

上司のさりげない掛け声に慌ただしく帰り支度を済ませ、社員専用の裏口へ行った。

外は暗黒の道なので自転車のライトをセットする。ペダルに足をかけたその時、

「送りましょうか、帰る方角が同じなので」

やわらかで、優しそうな一言が会議の緊張から解き放され、身も心も崩れそうな心地だ。

「いいんですか、青柳さん帰り遅くなりますよ」

この言葉を言うだけで春子は精一杯だった。

「女子の一人夜道は危険ですからね」

今まで聞いたことがないマシュマロのような言葉だった。

自転車を押しながら二人そぞろ歩くいつもの道が、その時は確かに違うのだ。

なぜだろう。春子は怪我を承知で清水の舞台から飛び降りる覚悟で尋ねた。

「あのう　三日前、私のロッカーにあった白い封筒、青柳さんですか？」

「気づいてくれてありがとう。僕からです」

「クローバーの押し花の葉っぱ、何ですか」

「クローバーの花言葉は知っていますか」

薄笑いを浮かべている気配を感じた。

「いいえ　何も知りません。クローバーなら田んぼの畔に嫌というほど生えていますから。農家には邪魔物です」

何で青柳さんはプレゼントに四つ葉のクローバーなのか、思案に暮れていたが、日数を置かずに春子と青柳さん二人が付き合っているとの噂が打ち消す間もなく社内中に広まっていた。

（どうしてだろう、夜道は危ないからのあの言葉に甘えたから？）

後で分かったのは二人が自転車を押しながらそぞろ歩いていくのが女子寮のガラスにしっかり映っていたとのこと。女子寮スズメになるとどうにも噂は止まらないのだった。

「春ちゃん、やったね」

後ろから不意にぽんと肩をたたいた陽子ちゃんは同期入社組。

入社したその日から事あるごとに先輩の青柳さんに視線を向けていたが、潰えたままなのだ。他人の思いはままならない。春子とて半信半疑、軽くあしらわれているもどかしさの淵にたたされている気さえするのだった。

「近藤さん、この前のクローバーの回答です」

朝の挨拶もそこそこにすれ違いざまに渡された封筒は、前と同じだが手触りに何か前より厚みがある。期待と不安が交錯するが以前ほどのあの胸の高鳴りはない。平静を装い、昼休みに更衣室で封を開けてうれしさがこみ上げた。観たいと思っていた映画のチケット二枚とクローバーの花言葉のメモが同封されていた。

そこには四つ葉のクローバーの花言葉、（幸福、幸運、私のものになって）と、

「クローバーの四枚の葉には希望、信仰、愛情、幸福の意味が含まれています」

という一文が記されていた。

なんてきれいな字。静謐さに品があるのがうれしくそっと胸に押し当てた。

待ちに待った週に一度の休み。約束していた青柳さんと大宮の駅前繁華街の映画館で、待望の「愛と死をみつめて」を観た。

骨肉腫（がん）に侵された主人公ミコとマコとの闘病純愛物語。

スクリーンが涙でかすんで見えづらかったが青柳さんも涙目だった。

客呼び込みののぼり旗に、ただ今大ヒットと書いてあったがウソではなく、館内は立錐の余地もない。人いきれで目眩がしそうになった。

買うあてもない百貨店の店内を目の保養とばかりに見て歩き、その足を延ばして氷川神社に誘ってくれたが、映画の重い余韻に口数少なく会話は弾まなかった。

でも、参道の片隅に青々と繁茂するクローバーに目を留め話題を変えた。チャンスに気持ちが軽くなるのが分かった。

「クローバーの花言葉、分かってくれましたか」

「えーと、えーと、幸福、幸運、あと一つはー三つだったかなー」

空覚えの春子は、三番目の条文にとまどっているとすかさず青柳さんが、

「この条文が今の僕の気持ちなんです」

と返してきた。

「すみません、大切なところを忘れて」

おどけて頭を下げた時、はっと思い出したが失念の素振りで口をつぐみ笑っていた。

(そうだったのか、あのクローバーはプロポーズだったんだ)

やっと分かって胸をなでおろした。


社内で衆目の事実となり、釣書を交わし両親の喜ぶ顔に想いを馳せていたがそれはついになく、日増しに憂いで無口になっていった。

「釣書をひらかなければよかったかなぁ」

父がポツリと言った。

父の胸中で何が起こっているかの由も知らない春子に、母は土間の片隅に引き

寄せ小声で、

「青柳さんの住所、あの地区は被差別部落なんだよ」

「被差別部落って」

言っている母の言葉の意味が分からない。家族同士の会話にも話題になったことがなく知らなくて当然、他人事だった。

「俺んちは本家だろ。分家や周りの親戚が春子の亭主があの被差別部落出と知ったらなぁ」

歯切れの悪い苦悶のつぶやきだった。

一人娘の行く末を案ずる親心は分かっているが、青柳さん本人にはどうにもならないこと。産土、それを楯に異を翳《かざ》す親に失望、反論した。

「結婚したらニュースで放映していたあの団地に住むの、青柳さんの実家じゃないの、安心して」

親との摩擦は日常茶飯事。帰宅時間や休みのたびの出かけに口出しして疎ましかったが、味方を得た女の強さ、春子はきっぱり公言した。親の緊張した顔が事の成り行きを聞いて安心したのか、少し柔らかに折れた。

昭和も五十年代に入り、青柳一生さんの立案、提唱した電子時計、電波時計が大当たり。会社は業務拡大で福島に新工場を創設。青柳さんは四十代はじめで工場長として単身赴任となった。

勤務形態も時代と共に変わり土曜、日曜が休日となり、一生は父として夫としての責任を果たすべく、金曜日の夜半に戻るローテーションを組んだのだ。

春子にとっては平日は育ち盛りの三人の子どもたちの食事作りなどの細事に追われ、夫のいない寂しさに浸る暇もないが、金曜日に帰る一生を恋しく待ちわびる心根は確かに芽生えていた。

日々成長する子どもたちを守っていかねばと、専業主婦の肩意地を張っていたのかもしれないが、頑張る自分を褒めてあげたかった。

ベランダに差し込む西に落ち行く夕日の光芒が、富士山の肩越しにかかり、明日の晴れを約してダイアモンド富士となってかがやいていた。

まめで、小回りが利く小柄な春子の母は、地域でも評判の働き者で、ゆっくり、のんびりしている姿を大の仲良しのチーちゃん（千恵子）とて、めったに見たことがない。

共に長女で、同じ学年、生家を継いだチーちゃんと春子の母は今でも何でも話せる腹心の友。チーちゃんは一生さんとの経験も一部始終聞かされていて熟知しているが、ためらいもあった。

世間体ばかり気にする両親に、心晴れやかに祝ってもらい家を後にした由もなく、親子ゆえ、わだかまりの根は深く、春子は生家の敷居を二度と踏むことはなかった。

時折、昼の農道などで春子の母と会うと、娘の息災を聞き出したい様子が垣間見え、チーちゃんは安心させたくて、良い話に尾ひれをつけて聞かすのが常だった。

春まだ浅いある日、部落に緊急回覧が回ってきた。お悔やみ報で葬儀の日時が記されている。いつものことと高をくくるチーちゃんは最後まで目を通して息をのんだ。

春子の母が昨晩脳いっ血で亡くなったとの報せだった。手の震えが止まらない。昨夕、立ち話をしたばかりだった。なぜ、どうして、自問しても答えは出ない。田舎のことゆえ、人の生き死には部落全体で執り行う習わし。そこでチーちゃんは一計を巡らした。

一生さんとの結婚までの経緯はどうであれ、春子にとって母親とは最後の別れになる、本家の格と世間体を一番気にする春子の母だから出棺には参集させず、通夜席でとうながした。

夕方六時の通夜に親類、縁者が三々五々来て僧正の続経であっさりと締め、明日の葬儀の準備のため、早々の解散となった。

その様子を物置の陰から確かめたチーちゃんは、チーちゃんの家で待機していた春子と帳の下りた農道を連れだって歩いたのだ。

「何年ぶりだろう」

夜の農道を歩くのは、ふと夫との出会いが懐かしく甦ってきたが、同時に生家に訪うのも三十年ぶりかもしれない。

連れのチーちゃんも春子もどことなく緊張した様子で無言のままで歩いていた。

しっ黒の闇に見る生家は昔のまま。どこも変わっていない。

通夜客の引けた十畳間に春子の父が、置物のように座っているのが見える。

遠目だからだろうか。

一生さんの出身地を言っただけで棒立ちになり、春子の胸ぐらをつかまえて激怒したあの日の威容さは失せ、小さくなっていた。

「こんばんは」

忌中の家の静寂な座敷から記憶にない人が出てきた。

「遅くにすみません、線香上げさせて下さい」

挨拶が終わらぬうちに父が近づく気配で、

「春子か？　チーちゃんと一緒だから春子だ」

予期せぬ娘の来家にとまどう父の、耳なれた昔の声が一オクターブ上ずっている。

「ご無沙汰していました」

「お、お、」

父は言葉にならない。

「私が余計なお節介をしました」

チーちゃんの一言が場を和らげた。

「余計じゃ、ないよ。ありがとう」

チーちゃんに礼を言う父の様子に、春子は耳を疑った。春子が家にいた独身の頃、父が他人に礼を言うのを見たこと、聞いたことがなかった。

「まぁ茶の一杯飲んでくれ、母ちゃんも安心するから」

勧められたお茶を飲み干し、棺の中の亡き母に永遠の別れを告げた時、春子の脳裏に去来したものは何だったのだろうか。

一生さんの出身地を言っただけで激怒したあの日、嫁ぐ一人娘を祝って送り出せなかった母親の胸中を顧みれば、そんなことはみんな小さなこと。

覚悟を持って家を後にして、幾星霜を歩んだ婦人（おんな）は何があっても動じない強さを心の臓に育てていたのだ。

著者プロフィール

鈴木 いね子（すずき いねこ）

1941（昭和16）年8月11日生まれ
埼玉県幸手市出身、春日部市在住
1956（昭和31）年、埼玉県立職業訓練校（洋裁科）入学
1957（昭和32）年、同校卒業
50年間、婦人服仕立てに従事
2014（平成26）年、県立春日部高校（定時制）入学、73歳
2018（平成30）年3月、4年間、無遅刻、無欠席で成績優秀で表彰受ける。77歳
2018（平成30）年4月、推薦で聖学院（大学）へ入学
2023（令和5）年秋学期、自主退学、82歳

年端のまなざし

2024年9月15日　初版第1刷発行

著　者　鈴木 いね子
発行者　瓜谷 綱延
発行所　株式会社文芸社
〒160-0022 東京都新宿区新宿1－10－1
電話 03-5369-3060（代表）
03-5369-2299（販売）

印刷所　TOPPANクロレ株式会社

ISBN978-4-286-25525-5